TESORO DI SCIENZE

AF209481

Anonimo

© 2023 Culturea Editions

Texte et illustration de couverture : © domaine public
Edition : Culturea (Hérault, 34)
Contact : infos@culturea.fr
Retrouvez notre catalogue sur http://culturea.fr
Imprimé en Allemagne par Books on Demand
Design typographique : Derek Murphy
Layout : Reedsy (https://reedsy.com/)

Dépôt légal : janvier 2023
Tous droits réservés pour tous pays

ISBN : 9791041843527

TESORO DI SCIENZE NOMINATO

CORONA PRETIOSA, UTILE A CHI DE-

sidera di saper il corso di sua vita, tanto passato, quanto futuro.

Con una breve, ma bellissima Fisionomia dell'huomo,

tutto in terza rima. Insieme anco i giorni buoni

della Luna, dove si può saper a qual tem-

po sarà buono, & utile far ogni

qual si voglia facenda.

GENARO

Homo che nasce in mese di Genaro

amato sara molto dalla gente.

la pudicizia ancor faragli a caro.

Varie, & diverse cose veramente

fantastiche a colui ben piaceranno

mal che sia detto d'altri facilmente

Non credera: ma poi fatto gran danno

da conosciuti suoi faragli a torto

& l'ire in lui facilmente saranno

Ma poi ritornera con tempo corto.

molte incommoditati, e dispiaceri

& dis'honori havra con disconforto.

Ei renderà l'altri poi volentieri.

havra misericordia a cescaduno

fame, e disagi ancor pronti, e leggieri

Li faranno per fin ch'esso di bruno

fara vestire i suoi per la sua morte.

colpo di ferro haver deve quest'uno.

Paura in acqua converrà che'i porte

per alcune cagion per aventura

perder potrebbe la prima consorte,

Per fin trent'anni hara miglior ventura.

Sara per moglie alle richezze dato:

e dato sara ancora ala ventura.

Havra terre, e paesi peragrato,

e piu unctura havra ch'i loghi suoi

e quel c'havra per se tutto operato,

Contento apiacer seragli puoi.

havra pericolosa infermitade,

ma guarirà, l'ultima salva puoi.

D'anni cinquanta, & otto la sua etade

esser potrà, ma dianzi ai trentasei,

meglior venture a lui saranno date,

Altro dire di lui più non saprei,

salvo ch'ancor sara molto benigno

da vitii alieno empi, malvagi e rei:

Sacente, acostumato, e in tuto digno.

GENARO

Donna che nasca nel predetto mese

ben condurra le cose a compimento

che cominciar per suo consilio prese.

De suoi figlioli ella havera contento

sera amabile ancora e temperata

e chiunque alle lascivie fara intento

Biasmara volentieri; ne fia avanzata,

ella de le sua prove unqua patire

potrà, nanche di quelle equiparata.

Ella ai consigli altrui non consentire,

certo ver una volta trovarasse,

& di cose passate vi so dire

Che quella ancor molto ricordarasse

con ogni industria sua per imparare

più cose, quella ancor faticarasse,

Et per acqua volendo quella andare

ricevera periglio e gran paura.

cio che potra d'industria guadagnare

Salvarlo non potra che di natura

liberale sara, poi se marito

havra, voglio ella sii di cio sicura

Che i cio ch'io dico non havra falito

dal suo marito havra molti bei figli

sara perversa, e ancor d'animo ardito.

Ella ad altri dara boni consigli.

ministrara ogni cosa familiare

solecitando & converra che pigli

Lesione d'animal c'havra l'andare

quadrupede: & dopoi pericolosa

più d'una infermita havrà a portare

A morte, e a vintott'ani prosperosa

sarà sempre ella & anderagli a efetto

cio ch'ella vora far d'ogni sua cosa

Hor per dire di lei cio c'ho nel petto

molti termini havrà d'infirmitade,

credasi veramente allo mio detto

Nelli anni trenta il primo in veritade

& poi nei trentasette lo secondo,

se da questi dui termini gli accade

Che quella scampe e reste viva al mondo

il viver suo sarà negli anni duoi

sopra li ottantaç & così il grave pondo

Havera fin di tutti i giorni suoi.

FEBRARO

L'homo che nasce in mese di febraro

non poco sara dato a vanitade;

e in aqua forse piu spesso che raro

Volentieri stara & poi d'honestade

con persona andera quel solamente

timido alquanto, e di parole rade;

Et per fornication sarà sovente

cupido: e molto piacergli il gioco

havra molta pecunia e arditamente

Parlara quello e d'accusar non poco

li mesfati d'altrui dilettarasse

prima moglier non rimarrà, ne i lo

Dove sia nato quello affermarasse

ma per provar venture, i varii lochi

andra del mondo e spesso trovarasse

Negligente; in vechieza poi piu pochi

dileti hara che prima in gioventude.

mezogne molte i se convien se lochi

Hor mi convien che'l tuto vi conchiude

molti termini havra d'infirmitade

al decio & quinto anno il primo allude,

Poi nei trenta e trent'otto in veritade

FEBRARO

Donna che nascera nel ditto mese,

nel parlare sara sempre soave.

convien che d'una cosa le palese

Molte cose fara che gia non have

far quelle volontade, e i altri molto

confidandosi havra nenture prave.

Sara piatosa, e poi ne li occhi e volto

spiaceri patira. poi donna onesta

e buona ella sarà: ma amor in volto

Sara in molti per lei. Poi spesso a questa

insulti grandi fatti anco saranno

da inganni molti ancor sara molesta.

Et altri a torto lei biasimaranno:

perdera il primo e un altro suo marito

hara filioli, & lei morsicaranno

Animali, e ancor ella havra patito

di molte infermita: e ancor da foco

guardisi ben che se non vien fallito.

L'influsso suo, abrugiar deve in un loco.

dormira volentiera, & ella a li anni

dodeci, male haver deve non poco.

Nei vinti havra ancor grandi affanni

nei vint'uno & ancora ne li trenta

patira quella di gravosi danni.

Si che di questo, sera mal contenta.

MARCIO

Se homo si trovera di Marzo nato
sara mai sempre di bona dottrina
e in vita sua sara questo onorato.
D'un suo congionto hara danno e rouina
molte cose havra in sua libertade:
a l'ira sua natura assai s'inchina,
Ma tornar tosto anco in humanitade
sara bon parlatore, e ancor vendetta
vedra de suoi nemici in quantitade.
Gratia & malitia quello havra perfetta
sara ingenioso ancora s'io non erro,
& fara alcuna volta paroletta.
Ver non essendo, & deve anco di ferro
esser ferito; e ancora morsicato
da bestia & questo li concludo & serro
Fara figlioli, e sara cascato
in briga & in questione in quantitade
& oltre a questo sara invidiato.
Saragli fatte insidie in veritade
non troppo ricco fin a vintidoi
anni sara, ma poi gran facultade
Acquistara: ne avanti a questa suoi
vintidoi anni debe haver mogliere

e se pur l'havera gran briga poi

Havera, quando un'altra vogli havere

d'esser faceto questo havera cura.

& oltre a questo faccioli sapere,

Patira infirmita per sua natura

pericolose & molte: e nei trent'anni

mutara ancor credo meglio ventura

Se pur ei scampara fino a quegli anni

vivera ancor per fin settantacinque,

dapoi lasciando i soi mondani affanni

Converra il corpo l'anima relinque.

MARCIO

Donna in sua vita sara dolorosa:

tribulationi e danni havera quella

ch'in questo mese nasce, ancor formosa

Sara, di lingua ardita, e sara bella

sara rossa, graziosa, & honorata.

poi per infusione di sua stella,

Sara per molte cose aventurata

in gioventu: e havra perturbatione

in acqua, & anco deve esser amata.

Havra meglior ventura, per cagione

che perdera lo suo primo marito.

da gli anni sette, ai dodeci passione

(Tengasi questo nel core scolpito)

havra per un suo mal pericoloso

ch'in su la testa li sera salito,

O nei ginocchi, in questo son dubioso:

& una scotatura nel suo corpo

ricevera, ne questo a lei sia scoso,

Uno figliolo havra dello suo corpo.

il termin suo sara vintiquatr'anni,

o vinticinque andar l'alma dal corpo

A quella fuora, o più vintisei anni.

nei trentacinque ancor, over trent'otto

ma dirvi d'altro non convien m'afanni,

Al fin di questo adora son condotto

APRILE

L'homo che nasce nel mese d'aprile,

sara prosontuoso, & audace,

ardito molto, d'animo virile.

Sara in comprar, & vender perspicace,

sotile, astuto, & non sara bugiardo,

ma sempre nel parlar suo verace.

Sara grazioso, e ancor forte, e gagliardo.

in mercatura sarà aventurato

sara secreto con molto riguardo.

Piaghe di ferro havra, ma vendicato

sara poi quello, & fàttoli gran danno

sara in sua robba, e non sara avisato.

Et ricco lui le femmine faranno

con diligentia ciò che il vorrà fare

ridurrà al bon fine: e ancor havranno

Dificultate i suoi parenti a stare

o vivere con lui, che verso a quelli

scarso sera poi volentieri dare

Vorrà dil suo, più ch'alli suoi fratelli

a soi compagni e con strane persone

vivera, abbandonando tutti quelli

Che di casa saranno, e sua magione

l'altrui torra per forza alcuna volta

andra in varia e longinqua regione.

A lui ventura havra la fronte volta

dopo trent'anni imperio debe havere

sopra persone, & obbedienza molta.

Havra: ma dopo questo al mio parere

da li dodeci anni intorno ai venti,

alcune infirmatati debbe havere.

Anco forza sera che se contenti

nelli quaranta, & se fuori di questa

noia andara, voglio che si contenti

Che sara ricco, & niuna cosa mesta

havra per fin al ponto della morte

anni sessanta quattro a viver resta.

Al mondo onde di questo si conforte.

APRILE

La donna ch'in sto mese sara nata

sollecita, studiosa, e diligente.

a tutte le sue cose sara data

Sapra ben lavorare e finalmente

di quanto quella havra principio dato,

tutto al fin redurra perfettamente

Strani loghi havera quella cercato:

e in eta essendo d'anni vintiduoi

violentia d'animali havra portato

Havra figlioli, & guardisi da poi

dal foco imperoche patir potrebbe

qualche molestia: & poi piu d'un de' soi

Havra mariti, & maritar si debbe

nei quatordeci anni pria costei:

& qualche infirmita haver potrebe

Che la prima ne gli anni dece e sei,

ne li otto e dece hara poi la seconda

nei trentatre se scampara anco in lei:

Milior ventura conviene ch'abonda

ma che non caschi d'alto habisi cura

un'altra cosa non convien ch'asconda

Nulla cosa costei per sua natura,

di quanto sapr dir, terra celato.

ma d'ogni cosa senza averne cura

Havera senza dubio palesato.

MAGGIO

Chi del mese di Maggio sera nato

& che sia maschio sara grandemente

amato & hara piaghe & poi curato

Da chirurgi sara & splendidamente

vivera, & sara presso alle persone,

in fede grande tanto che sovente

Sara tenuto in gran reputatione

acquistera divitie, e ancor darassi

a un arte, ma non tropo operatione

Usara in quella: e ancor dilettarassi

cose belle d'haver & adobato

& galante andara, ma ancor farassi

A strani piu ch'a soi cortese e grato

pericolo havra, e ancor perturbationi

in acqua, e esser da un can die morsicato

Et poi come si tien opinioni,

infirmatati sette debbe havere

si come vi diro in queste stagioni,

Fra li sette anni e i dece al mio parer

e quindici: ne in altri haver dovrebe

& comme ancor dapoi si po sapere

Dapoi trent'anni quest'hom haver debe

milior ventura: & poi debe scampare

anni sessante & otto, ne potrebbe

Più di questo sua vita innanti andare.

MAGGIO

Donna nata di Maggio sara bella
& morbida sara ma accostumata.
& assai roba haver debe ancor quella
Da molti sara ancor desiderata,
ma ella rifutera costantemente
ogni concupiscentia, & onorata
Sara sta donna ancora grandemente,
ma poi regnara in lei sto mancamento
mormorar d'altri e poi sarà sapiente
Havera ancora questo di scontento,
che in molte cose accasonata a torto
sara poi debe haver questo contento,
Ch'ella havera marito in tempo corto
haver poi debe alcuna infirmitade
se scampara di quelle habi conforto,
D'anni sesanta, e doi n'andra in etade.

ZUGNO

L'hom che nasce in mese di Giugno

molto sara per sua natura vano

cercara molta roba haver in pugno

Potra tutte sue forze, e piedi e mano

in termine acquistar, ne potra ascoso

desiderarla, ma di man in mano

Grande apparentia ivi sara: e gioioso

& alegro sara molto nel volto

ancora sara molto pauroso

Di aqua, ferro, e foco, e sara involto

nelli nemici, ma poi vendicato

altri l'havra, & ancor sara molto

Sopra se stesso, & sara diffamato

per donna patira gran dispiaceri

per invidia sara mal sventurato.

Tutte le cose belle di leggieri

che vedera, vorra in sua possa poi

grande dissipator sara, ne speri

Troppo ricco venire che ancor de soi

amici cadera in disgrazia: & egli

conciliarasse lor di novo poi;

Et seco in pace seran sempre quegli.

roba nascosta trovara. anco rade

hara parole & anco sara appresso

A gli homini dabene, inveritade,

con riputation e gran favore

havera questo alcuna infermitade

Ma di quelle havera poco dolore.

dapoi trentanni, come'l ciel po fare

mutara questo ventura migliore.

Anni quarantaquatro anco scampare

potrebbe questo, ma passando questi

che per aiuto di donna passare

Potra, ai settantasette, vo viver resti.

ZUGNO

La donna che di Giugno sara nata
ardita molto; e all'ira sara pronta,
ma in se sara anco presto ritornata
Alla casa dara molestia & onta
ma ancora sara molto lavorante.
figli havera chel numer non si conta
Che complessione hara molto costante
ma maladizi, ancor de spirto poco
bugie sapra dir, che simigliante
Saranno al vero, e saralli mal gioco
fatto con molti inganni, e de cascare
da alto, e debe ancor in certo loco
Denari ascosti & cose altre trovare.
de picol precio, poi pur morsicata,
sara da cane. & debe ancor portare
Pericoli molti. e mal aventurata
sara per suoi parenti, e viver debbe
anni quaranta, ne più sara stata
Al mondo, ne più quella star potrebbe.

LUGLIO

Se homo nasce di Luglio sar(a) quello
d'animo grande, forte, & eloquente.
piaceralli le donne, e ardito, & bello
Sara; e in humane lettere eccelente,
se in quelle studiara splendido, e largo
qual sara ancor ma d'altri mal dicente
Ne in vano gia, le mie parole spargo
sara iracondo, e presto ritornato
havera quest'ancor grave letargo
Che d'alto hara colpo di fer scotato
& hara similmente ancor di foco,
die guadagnare, e sara sventurato.
Et ne gli anni quaranta sara un poco
avaro: & sara capo di famiglia.
alla Superbia alquanto dara loco.
Invidia li fara cangiar le ciglia,
che molti ben perdera per quella,
quello d'altrui poi volentieri piglia.
Gran stranezza die far per donna bella,
molte tere cercar deve, e per moglie
alle ricchezze fara posto in sella.
E gran disagio anco convien che'l toglie.
molte in suo tempo hara tribulationi.

hara un figlio contrario a sue voglie

Col qual per tempo, in gran rissa, e questioni

con iatura di se verra: & per sorte,

sie infirmitadi gli daran passione.

Una sara pericolosa a morte,

sendo quello in età d'anni quaranta

e doi, e i termi poi della sua morte

Sara d'anni per fin cinque, e settanta.

LUGLIO

Se donna in Luglio nasce sara quella,

forte, e ardita, e misericordiosa

andra per lochi strani, & sara bella.

E'l dinaro amara, ma alquanto irosa

sara, e poi presto ancora ritornata

sara ricca, & ancora vigorosa,

Et quando ella non sara corozata,

soave, & amichevole non poco,

sara: & da molti ancor desiderata.

Infirmità di sangue hara, e di foco.

fatture, e insidie fatte li faranno,

che nocerano, e non li parra gioco

E vivera fin a settanta e un anno.

AGOSTO

L'homo che nasce nel mese d'Agosto

alcuna volta volger lacerassi,

per leggerezza dello suo proposto.

Questo tal homo presto mutarassi,

& per natura sarà vergognoso,

ma di sua volonta: deletterassi

Cercar varii paesi & sara ocioso

di parole, & hara alcun guadagno.

e questo tale ancor sara animoso.

Parera questo cortese compagno,

ma sara scarso, & sara ricco prima

che povero, ma poi tela di ragno

Sua ricchezza sara perche se stima

che poi trent'anni havera povertade,

e di forte natura sara in cima

A molti, e sturbamento inveritade

havera in fiume, e forse anco danno

maladizzo sara, ne infirmitade

Percio deve haver gratii, e piacerano

a quelle tutte l'opre c'havra a fare.

recevera d'un suo parente danno.

Per invidia; e vedra vendetta fare

de suoi nemici, & la prima consorte

poco possedera, ma a governare

Altri officio havra per bona sorte,

& redurra l'officio a compimento.

& poi desideroso sara forte,

Di sapere di bon maestramento,

e scienza, e d'anni trecinquanta indreto

ventura mutara, e fuor di stento

Egli sara che per guadagno lieto

sara di roba & da gli soi parenti

bona gratia havera, poi stara queto

Viver settanta e un'anno se contenti.

AGOSTO

Se del mese d'Agosto donna nasce

amara Dio con gran veneratione

sara devota,e presto adirarasse

Sovente patira tribulatione.

affabile, & humana, e vergognosa

sara, & soffrira perturbatione.

Et oltre a questo sara faticosa

ricevera da un suo parente danno.

questa donna sara ancor animosa.

Gran fatto non saria se qualche inganno

usasse contra della castitate.

da lei vendetta i soi nemici avranno.

Haver non debe bona sanitate

nondimeno havera bona natura.

malitiosa, & astuta inveritate

Quella solo sara per sua natura..

senza mal di pericolo cadra d'alto

e debe ancor haver per sua ventura

Alcuna infirmata ch'a quella assalto

pericoloso assai dara e affanni.

poi sara questo l'ultimo suo salto,

Ottantaquatro numerando gli anni.

SETTEMBRE

Lhomo che nasce in mese di Settembre

savio onorato parlator potente

sara; & i soi consigli ancora insembre,

Gioveranno, & sara molto sapiente:

per donne debe alquanto travagliarse,

& una il fara ricco finalmente.

Assai cose de morti debbe trarse

in sua balia & hara brighe & cagioni

per molta invidia, & a parenti farse

Malivol debbe, & poi molte regioni

& strani lochi debbe peragrare.

da soi parenti havra molte offisioni,

Et mal da quelli havera a meritate.

non molto i piacera la prima sposa.

ad ognun non vorra mai fede dare.

Infermita non gia pericolosa

havra nelli sei anni inveritade.

ne li oto e deci ancor non stara in posa

Nei trentacinq(ue); ancor & nella etade

de li trent'otto hara gravosi affanni

altra non havra forse infirmitade

Fin che morte i dara l'ultimi danni.

SETTEMBRE

Donna che nasca nel predetto mese

morte vedra de molti soi parenti

& de gli amici ancor sera cortese,

Et amichevol molto con le genti,

se quarant'anni lassara passare

a maritarsi, male si contenti

Forza sara pero che consumare

un giovin le fara fin a soi panni,

ma piu presto si debbe maritare:

Non passando i era piu numer d'anni

di diece & otto: & hara bon marito,

hara tribulation molte, & affanni

D'altrui che per li suoi, timor salito

havrale il cor, & essa d'animali

di quatro piedi, andera a mal pertito

Mortificata sara, & con questi mali

piu forte debe haver d'infirmitade.

& l'ultimo suo termine sera li

Anni sessantasei della sua etade.

OTTOBRE

Quel homo che d'ottobre sara nato
havera Solamente una mogliere,
e molto tosto di lei sara privato.
Pover sara & assai gravezze havere
debe, e ancor lochi cercar debe strani,
la sua mente niun potra sapere
Che sarà falso, & sue promesse vani
saran, perche una cosa promettendo,
ne fara un altra e ognun dalle sue mani
Si guarderanno questo conoscendo
in far furto sara molto secreto,
amichevole e umile pur essendo.
Bone parole hara con volto lieto,
ma false & hara ancor delli nemici,
ad altri insidie usar non stara cheto:
E usate gli saran con malefici.
& molto biasimo li sera levato,
della sua mala mente dando indici.
Di sasso un colpo ancor li sera dato
pericoloso alquanto e ancor di ferro.
& molte volte ancor sara amalato
Et l'ultimo suo termin (s'io non erro)
d'anni sesanta & un della sua etade

sara, & sua sorte quivi tutta serro

In questo breve dir con veritade.

OTTOBRE

Se donna nasce nel predetto mese,

perdera quella il suo primo marito.

piu prava a sua famiglia che cortese

Sara; amabile a gli altri, e ancor punito

ciascun nemico suo vedera molto

dai bon costumi non hara fallito.

Acquistara assai roba: & bella in volto

non sara troppo, ma sara scaltrita:

un ingegno sotile havra ricolto.

Havra forti aventure alla sua vita

& esser debbe ancor batuta forte.

& forse ch'havera qualche ferita.

Molte tribolation convien che porte,

& anni sette, sopra li settanta

stara del nascer suo fin alla morte,

Et hara fin sua vita tutta quanta.

NOVEMBRE

Homo che nasce in mese di novembre

esperto sara molto e ancora iroso:

& alquanto superbo sara insembre,

Pero non tropo, e ancor sara studioso

& in alcune cose avantatore,

vere però, e ciascun virtuoso

Debe costui portar un grande amore;

& molte stranie terre die vedere.

ancor guadagnar debe senza errore.

Ma piu richeza in gioventude havere

che poi debe, & ancor sia invidiato

da un suo parente danno ricevere

Debe: & da donne sia in lascivia amato,

& per soi occhi piu che per sapere

suo sara, ne d'altro, & assaltato

Sara, ma di scampar havra potere

con donna maridata hara un bastardo

altrui del proprio havere volontiere

Servira questo, & nulla sara tardo.

ancor fatti gran torti li seranno,

da quadrupedi bestie haver riguardo

El non potra, che non riceva danno

ancora sara capo a governare

& danno i detratori gli faranno,

Per loro invidia e troppo favellare:

il primo officio ch'egli debe havere

contrario primamente li havra andare

Ultimamente gli faccio a sapere,

che con stento stara vittorioso.

molti termini ancor debbe tenere

D'infirmitade el primo a lui noioso

sara circa la sua nativitade,

ne alli anni sette men sara dolioso,

Nelli sedici poi della sua etade,

& nei vint'oto ancor patira danno,

nei settanta e sette anni in veritade

Sara l'ultimo suo gravoso affanno.

NOVEMBRE

Donna che nasca in mese di novembre

vedra morte d'alcuni soi nemici

comme al marito, ad altri le sue membre

Nascostamente prestara, e a li amici

servira volontier, ma di tal cosa

ricompensata mal sara: & indici

Cattivi, & rie parole essendo sposa

moverandi per lei poi grandi torti

bavera da parenti: & timorosa

Et vergognosa ancor sara ma porti

forza i sara spesso tribolatione.

& per figlioli haver havra conforti.

De faticarse havra dilettatione

patira nei quattr'anni infermitade

nei vinti e doi ancor hara passione

Et nei quaranta: el fin della sua etade

nei quaranta e set'anni debe havere

altro dire di lei piu non mi accade,

Ma che voglia al suo male puedere.

DECEMBRE

L'omo che sara nato di Dicembre
non debbe esser ancor piu venturato
come se fusse nato di Novembre.
Per altri sara a torto biasimato
& egli ad altri fara assai piacere.
assai danni in soa vita havra portoto
D'animali, ricchezze debbe havere
sara busardo, ma molto sacente,
invidia molto li potra nocere,
Et d'altri ancora sara mal dicente.
per donna s'havra molto a travaliare,
sara vano & iroso ancor sovente
Fornicatore & atto a guadagnare
la sposa sua non gli sara data;
& le pur data non li havra a mancare
Tribulatione e ancora sopportata
molta egestade hara e vedra vendeta
de soi nemici e debe haver portata
Infitrmitade, molte volte stretta
anni settantasetta ancor passare
non potra, ma egli qui havra perfetta
Sua vita ne piu in longo potra andare

DECEMBRE

Donna che di Decembre sara nata,

sara malvagia, & d'altri mal dicente

& ancor esser debbe mortificata.

Delle putane perder la semente

per se non lasciera, & cadera d'alto.

questa adultera ancor sara sovente

Irosa, & ria e gli altri daranno assalto

grandi tribolazioni e'l suo marito

perdera, e oltre questo in grande assalto

Sara co i soi parenti ognun piu ardito

contra loro in discordia, e piu scotata

sera di foco, e ancor s'havra marito

D'otto e dece anni a quella sara nata

infirmitade grande e debbe havere

termin molti di morte ancor taliata

Sara di ferro, & poi per mio parere

lultimo termin suo sara ne gli anni

settanta & nove: e qui tutto il sapere

Che s'ha del hom ha fin i beni & danni.

IL FINE

TRATTATO DELLI SETTE PIANETI,

Estratto dalla vera Astrologia

LUNEDI.

Chi nascera nel giorno della Luna,

perche'lla humor flemmatico domina

havra la carne bianca piu che bruna

Se in questo pur l'Astrologo indovina

pallido il viso, smorto, grosso e pieno

di carne morta hara ch'a questo inchina

Cotal pianeta ch'a molto veleno

le vene ascose ancor el corpo drito

curto e rotondo e mai non viene meno

Di noia, d'andar lento, & poco lieto

e greve ancor, e poi le grosse spalle

d'havere, non potra tener secreto.

Bianche sottili, & tenere, da ralle

l'ongie, questo pianeta, & i capilli

canuti: fronte larga ancora falle

Occhi modesti & parimente umili

e'l scimo naso & la piccola bocca,

aperto il viso, e i denti assai gentili

Aconzi, & il Boligol grosso i tocca;

& in tenere cose costui molto

diletterasse, ma sara di poca

Stabilitade & anco sara involto

nel dormir volontier & hom fidele

sara, ma facilmente ancor sepolto

In grandi infirmata, ne troppo sele

di lussuria bavera ma verga grossa,

& a quella i testicoli per vela,

Longhi, e pendenti quanto dir si possa.

MARTEDI.

Lo colerico humor sol curare Marte

dal colerico humor, color citrino

nasce, & ancor da questo flusso & arte,

Malencolico infin da picolino,

e giallo divien l'hom & le sue vene

appariscenti sono, & indovino

Ancor che negro, & alto quello vene.

fal corpo basso ancor e ben formato

e habbia nodi sottili ancor conviene,

L'osse longhe e non grosse i sara dato

& de elevate spalle e ancor formate

sara: & di poca carne generato.

Et l'ongie strette e longhe a quello state

saranno & li capelli coloridi

& crispi: aspetto pien di venustate,

Grazioso e i occhi poi par sempre ridi

acuti & belli & il viso sottile

nella fronte ancor voglio ti confidi.

Spazada senza peli e il col sottile

el naso longo & aperto davante

con colore nel volto e ancor sottile.

Fesso lo mento in mezzo ei denti avante

aperti e grandi, e gli altri forti e spessi,

piccola bocca come un picol fante:

Sottili gambe & pelose ancor ad essi,

l'aguzzo piede, & ancora levato;

die dispartiti a quel faranno messi,

E'l picol calcagno adesso dato,

fianchi sotili e stretti e longo il peto

hara la verga longa ancor portato,

I testicoli picoli in effetto;

& sospesi & dopoi quel sara iroso

ma pur non restera per sto difetto,

Ch'esser non deba questo ancor piatoso

accompagnato sara nolontiere,

e di gloria sara desideroso

Et havera del male altrui piacere,

& di questo parlando havra contento

chi'l sia svegliato ben potrai credere:

E poner gran discordia sara intento

la dove potra quello; over che molto

ogni briga e travaglio in piacimento

A lui sara; poi per natura involto

sara in mestizia & in malinconia;

per questo dico (come hagio ricolto

D'Altro loghi) per sta natura ria,

anni viver non po piu che sessanta;

ancor voglion la causa questa sia

Per la lussuria ch'ogni mortal schianta

i rossi vestimenti ama costoro.

perche par che s'allegrino di tanta

Similitudine di sangue loro.

MERCORE

Flemmatico homo di Mercurio nasce,

greve di corpo, e morbideto ancora

e del mondo cercar la mente pasce.

Et ride volontier questo ad ogn'hora.

bel parlatore ancora: ma guardarse

da lui bisogna e de suoi piedi fora

Star che superbo, e bugiardo die farse;

de grande ingegno ancor, ma in mala parte

e ai negri vestimenti deve darse.

E metta quivi ogni suo studio & arte.

havra la fronte streta egli in effeto,

se vere son d'Astrologi le carte.

Cigli longhi, negri ochi, el naso stretto

e competentemente havra la faccia.

i labri grossi & senza alcun difetto,

E convenevol mento convien faccia.

GIOVEDI

Se sotto Giove nato alcuno fosse,

il corpo avera rosso e ancora bianco

e la sua carne contrata in su l'osso,

La vena grossa sara a lui pur anco

sanguineo viso; e quello mescolato

con vene alcune, e di legiadro fianco:

E in bona complessione sara nato

& hara l'osse sue tenere questo,

& sara bene composto & formato

Ma per disagio e fame sara mesto.

dita grosse o sotil, non havra quegli

havera quelle mezane piu presto

La fronte grande; e biondi li capegli

polpido: il naso grosso e boca grande

large mascele; ochi negri hara egli,

Li spessi denti e ciascun dessi grande.

gambe minute, nadeghe carnose;

e'l petto e spalle largamente spande;

Longhe e piane le parti vergognose;

la grossa golla; & l'homo vicioso

prometendo quello molte cose

Nulla fara; ma ancor lussurioso

sara questo; e ancor gialli bavera i denti

di far vendetta non sara ritroso.

Per lussuria bavera i pensier ardenti

ogni gran cosa far, che cio procede

dal suo pianetta ch'induce le menti

De gli homi a far quel ch'esso richiede.

VENERE

Venere fa sanguinea complessione

& con colera & questo nocumento

induce grandemente a le persone:

Pur la colera vince, e lhomo intento

fa alle feste: & allegro; & amatore:

desidera piu maniere d'instrumento,

Per ira non andra troppo a furore;

pur se in ira andara dimenticare

quella, potrai vederlo, & in poche hore

Et longo tempo al mondo deve stare.

SABBATO

Chi nel Pianeta di Saturno nasce,

sara cogitabondo e seduttore;

e sara avaro infino dalle fasce;

Et pigro, e tristo; e gran simulatore;

melanconico molto; e pien d'invidia

del altrui mal contento e ingannatore

Sara; e superbo, & havra grande accidia

a l'ira tardo, e irrevocabil puoi,

pien di malitia, con grande perfidia.

E sara audace nei pericol suoi,

arrogante; e sottil ingenioso

compagni non vorra mai, piu de duoi;

Ancora sara gran lussurioso,

che sara tal la sua complessione,

sara de vesti nere disioso:

Capelli neri havran tali persone:

a la terra havran loro guardatura,

e l'ossa grosse & bruna carnasone,

Lor vene havran sottili per natura,

ma discoperte, e haveran li ochi grossi

petto sottile & verga corta e dura;

Convenevoli l'ongie, & cigli grossi;

aspera barba & spacioso mento;

grosse natiche; e perche mai non possi

Costui gran borsa havere, come i sento.

DOMINICA

Il Sol, sol fare la sua complessione

mischia con sangue e quello pur fa ancora

che la fronte ritonda han le persone

Et le ciglia sottili, e ancor colora

a l'homo di bianchezza li ochi, e dritto

lo naso fa ne molto longo in fuora,

Et come da li Astrologhi vien ditto,

chiara la facia & rossa han questi tali,

& la boca mezana gli hanno scritto

Et le labra grossete e molto uguali:

& il peto & il collo havran portato

ritondo e dritto, d'aspetto reali.

Grazioso e forte il corpo e ben formato

amara questo, arnese & vestimenti

d'auro: & ancora d'esser onorato.

Piacergli, abitando con le genti.

IL FINE

PHISONOMIA,

trovata scritta in alabastri,

ne fondamenti de' palazzo

del s. Pier Luigi in Roma,

figliuolo di Papa Paulo III,

Duca di Piacenza.

Fuggi dal homo livido, & che sia

di color tra 'l cangiante verde e bianco

& rosso che inclinato e tuttavia

Alla lussuria, e molt'altri vitii anco.

se vedi l'hom che frequenta, o spesso

ti guardi nella facia, e non par stanco

Mai di guardarti, & tu imitando i esso

il viso suo, & si vergogni alquanto

quasi pensando non li sia concesso

Che ti deba guardar nel volto tanto,

che s'arrosisca e un poco ne sospiri

e lachrime a gli ochi mostri pianto,

Onde di questo par che te n'ammiri

ti teme e t'ama questa tal persona

sel contrario fara, quest'ha mariti

D'ogni tuo ben, e invidia il cor li sprona

e dimostra ancor segno di sprezarti

la qualitade ancor, questo consona,

C'haver a fare tu debbi guardarti

come l'hom che non sia ben aventurato

& men come quello ancora d'impaciarti

Il quale ben da Dio non sia gratiato,

e che sia senza haver o senza scienza,

perche colui che sara in questo stato,

Et d'una de ste cose sara senza,

& che disforme sia nelli soi membri,

questo tal homo e di mala semenza;

O parte del suo corpo se dismembri,

per natural difetto, mancamento

habia nel corpo chad'hom non sembri;

O ch'abia piu de li altri crescimento;

da quel come nemico stia lontano

della statura ancor sto documento

Ti voglio dar, che sel corpo mezano

ha di grandezza l'homo & neri li occhi

e del negro i capelli soi tutti hano,

Volto ritondo bianco e un poco tochi

di rosso, poi del resto il corpo bruno

& temperato sia, e trari;o ai sciochi;

Et di statura dritta habbi quest'uno

corpo, e mediocre testa e a bisogni

occorrenti, di poche & non digiuno

D'assai parole e non se ne vergogni:

& di mediocrità alla risonantia

e de sublimitade in voce, & ogni

Volta che declinando a temperantia

ottima, & a negrezza la natura;

questa persona senza dirvi ciancia

Piacevole sera con mente pura:

& ancor havera bono intelletto.

e se ad alcun per sorte avessi cura

C'habbia i capelli stesi fino al petto

soavemente discendendo, quello

per natura dimostra questo effetto

Mansueto, e di freddo esser cervello.

e chi sopra gli homeri ha gran capeli

fatuità, stoltezza haver mostra ello

Ma chi sopra dil corpo ha molti peli

& in sul petto, ancor cotai persone

horribili dimostrano esser quelli.

Di singolar natura, & d'apprensione

debile, e del'ingiurie anco amatori.

i capei neri come lo carbone,

Dimostra rettitudine, & amori

alla giustitia, ma i capelli rossi

sempietade dimostrano, e furori

E molt'ira, & insidia. ma tra rossi

e neri, mostran l'homo diligente,

e di pace amator ma avendo ai dossi

I capei bianchi, e longhi finalmente

dimostrano nel huom pazzia grande:

adultera la donna esser sovente.

Hor degli occhi bisogna che vi spande

ch'importa piu lo suo significato:

pero s'alcun vedrai c'ha l'occhio grande

All'invidia dirai quest'esser dato;

senza vergogna e pigro e inobediente

sara, havendo ad un gli occhi mirato

O lividi o sbattuti. & diligente

& fidel sara quel che di grandezza

mezana ha gli ochi & oltre parimente

Di celestin colore in giovinezza,

penetrativo ha questo l'inteletto;

e parimenti nella sua vecchiezza.

Gl'occhi, e viso distesi, egli è in effetto

malitioso, e ribaldo questo tale.

& ancor havera questo difetto

Chi simili gli ha a l'asino animale,

questo tal livor gliè insipiente

& di dura natura. e quello il quale

Affissando il suo guardo acutamente

(siate di questo ognun certificati)

rimuove gli occhi suoi velocemente

Che mai dun homo tal non ve fidati,

che e ladro, & infidel fraudolente.

Occhi pegior son quei che maculati

Da segni bianchi o rossi e parimente

occupati dimostrano peggiore

quest'hom esser de laltri, e magiormente

Per questo e da schifarlo a tutte lhore

animolo quel sara, & possente

che li ochi rossi hara ma quello more

A mala morte il quale fortemente

& spesso bate li occhi & di natura

pessima, e ria e quest'homo sovente.

Sopra le ciglia a lhom poi meti cura

c'havendo li archi quel con molti peli

viltade in se dimostra per natura

Grossezza di parlar & vi riveli

bisogna ancor ch'a chi sostendon verso

le tempie in arco i sopracigli quelli

Non han netezza alcuna in alcun verso

chi di pelo havera poi l'arco raro

che sia ben misurato quello, & terso,

Secondo che veder si puo per chiaro

che ne molta ne poca habi longheza

ne anco vo che sia di questo ignaro

Che parimente sia d'ugual corteza

e che sia grande, quello e intender presto

e atto e in quello n'habbi certezza.

Il naso poi sottile avendo questo,

iracondo dimostra il longo naso

alla bocca disteso, e manifesto

Ch'audatia e presontion dimostra il naso

a guisa delle simie mostra quello

iracondia & ancor per simil caso

Impetuositade mostra & quello

che i forami del naso havera grandi,

sara d'alteration subita, & quello

Chi naso havra grande, e che si spandi

largo nel mezo & quello declinando

a la ponta dimostra ch'ello spandi

Parole molte, e ancora ragionando

sara bugiardo, e chi lo naso uguale

hara, e ben fatto e ancora quel andando

A lunghezza mediocre & questo tale

non molto grandi quelli forami habia

sara morigerato e ancor reale,

Et di boni costumi & hor le labbia

volgo nel ragionar del viso humano

se tu vedrai alcun chil suo volt'habia

O spianato o schiacciato a modo strano,

tu dirai questo tale e litigoso

& e senza bonta di cor vilano

Anco disubbidiente e ingiurioso.

chi e di mediocre faccia e che le gote

e le mascelle alla grossezza gioso

Tirino; questo tale esser non puote

altro chel sol verace intelligente

& amorevol'el mostran queste note,

Cortese ben disposto ancor sapiente

& ingegnoso & chi ha la larga boca

sara armigero, audace ancor sovente

C'havera i labri grossi, a questo tocca

esser sovente per natura stolto,

& ancor esser debbe poi di poca

Verita quello, il quale sara molto

ogn'hora parimente poi carnoso

pur dico solamente nel suo volto

Importuno, insipiente e ingiurioso

ancor sara chi longo havera'l viso,

piccola facia mostra lhom vitioso,

Pessimo, ingannator, ne mai diviso

da briachezza & quello d'intelletto

sara sottile e in opere sue fiso

Sollecito che magro hara in effetto

il volto, e chi la fronte bavera grande

pigrizia mostra in homo questo aspeto

Quello che larga la sua fronte spande,

volubile di mente mostra & quello

c'ha la fronte ritonda, mostra grande

Ira mai sempre se ritrovi in ello.

mobile lhom mostra la picol fronte

donna mostra di star presto al martelo

D'amor in compiacer quella ch'in fronte

ha grandi vene circa i sopracigli,

e accio meglio di questo ti racconte

Potresti haver con lei molti bei figli

se una persona non havra doglioso

la fronte n'ancor par che la somigli

D'haverla lieta a morte dolorosa

e prossima, & al fin de la sua etate.

le gote piene la persona irosa

Mostran haver d'anco le tempie enfiate

e l'orechi mediocri mostra l'homo

ben costumato, e haver moralitate

Ma colui chi l'ha longhe, grandi come

havera un'asinello mostra stolto

o veramente loquace quel homo.

Donna di parto che sia rossa in volto

mostra che maschio debe partorire

se la faccia havera pallida molto,

Donna fuor dal suo corpo de venire

hor de l'orechie ancora parimente

qual cosa al tutto vi voglio ridire

C'ha piccole orecchie, e quel sovente

andro pazzo, & ancora lussurioso.

voce mezzana mostra lhom sapiente

Giusto, astuto, verace, invidioso

sara quel c'havera dolce la voce

e sara questo ancora sospettoso.

Magnanimo e poi quel c'ha bela voce

& belicoso quello, & eloquente

che risonante, e grossa hara la voce.

Debil voce, e parlar velocemente,

mostra lhom importuno, e che sia stolto

e bugiardo sia quel anco sovente

Voce grossa dimostra lhom in volto

in ira, e che sia ancor precipitoso,

& di mala natura ancora molto.

Ingannator e quello, e invidioso

& eloquente ancor che favellando

move le mani, e in praticar noioso

Ma chi ferme le man terra parlando

havra bon intelletto e san giuditio.

dilettevole e pazo l'homo quando

Ha'l col sotile e longo, e dogni vitio

e pieno quel chel collo havera corto

e che sia maldicente mostra indizio

Astuto e de(…)tor ma'l collo torto,

mostra cu(…) l'hom dhaver honore

chal collo grosso di questo v'essorto

Di natura quest'hom gran mangiatore

se le fanciulle han stese le mammelle

che li pendino in giu queste di fore

Corruttion mostran certo, perché quelle

quando col viril membro son congiunte

il lor menstruo in suso movon elle

Verso le poppe che da quello punte

per gravezza del menstruo pendente,

in giuso stan hor forza e che vi conte

Che da quel nasce il latte parimente.

se donna ancor sara di parto grossa,

se maschio de haver porragli mente

Che piu della sinistra havera grossa

la poppa destra: e per contrario ancora

se la sinistra havra quella piu grossa

Che la destra, dimostra segno allora

che femina sia quella cha nel ventre

se maschio, dalla parte destra ognora

Gonfio e ritondo havera quella il ventre

dalla parte sinistra essendo tondo

& da la parte destra longo il ventre

Mostra che nascer de' donna al mondo

lhom chal ventre grande egli e indiscreto

da superbia & lussuria non e mondo

E del coito amar non stara quieto.

ma chal ventre mediocre e habi stretto

il petto havra quel senza divieto

Bono consilio e acuto l'intelletto,

proportionate spalle & di statura

mezano lhom avendo lo suo peto

Dimostra esser colui per sua natura,

d'inteleto mai sempre otimo e saldo

& se ancor meterai nel homo cura

Che grosse habia le spalle aino caldo

d'audacia, e di fortezza mostra ello,

bon intelletto & in sapientia baldo

Ma le spalle sottile, animo fello

mostran ne l'hom & esser discordante

l'hom d'alte spalle & elevate quello

Esser dimostra in simile sembiante,

daspra natura e ancor di poca fede

le bracia corte, e segno esser amante

De discordia e per prove poi si crede

che chi lha molto longhe con fermezza

(si come per ragion questo si vede)

Audace e quello ancor con splendidezza

c'havra la palma longa della mano

e dite longhe, habbi di cio certezza,

Assai disposto, e non parlar in vano

a molte arti sara massimamente

mecanice, & havra inteletto sano,

Sara buono maestro finalmente

ne l'opre sue, e di buon governo.

ma grosse, e corte, quel sara insipiente

C'havra le dita come ben discerno.

piedi carnosi, e segno d'amatore

dingiurie, e farli la mateza scherno

Picoli, e grossi piedi, huom di valore,

audace, forte, affabile, e possente

ma gli stinchi sottili mostran fore,

Che d'ignorantia e pien quell hom sovente

li stinchi larghi, e li calcagni ancora,

forte l'homo di corpo parimente

Mostran, e le ginocchia grosse ognora

per molta carne debile possanza

se donna vederai gravida, allora

S'havra legier andar, credi a me sanza

dubio, che maschio sia per partorire.

se l'andatura grave con tardanza

Ella havera, dal ventre suo venire

femina debbe el homo caminando

se i passi fara adagio, e larghi, dire

Potrai, ch'in sue facende prosperando

andara. poscia quello e sospettoso,

che fa li passi corti e presti andando,

Impotente & ancor impetuoso,

se a me creder non vuol di quanto ho detto

alcun che piu de gli altri sia curioso,

Aristotile veda autor perfetto,

in un volume, ove della natura,

parla de gli animali, e lor difetto:

E in un altro volume, alla figura

del homo, fa conoscere la sorte.

il qual volume e posto con gran cura,

ne l'opre ch'ei lascio dopo la morte.

IL FINE

GIORNI BUONI DA FARE OGNI

attione, secondo i giorni della Luna.

GEN   8.12.14.19.20.22.23.24.26

Febraro 5.7.11.12

Marzo   7.9.21.23

Aprile   11.12.16.18.19.23.24.28

Maggio   2.4.7.8.11.12.18.19.20.22

Giugno   7.9.13.22.24

Luglio   8.9.14.23.24

Agosto   3.4.5.8.12.15.18

Settembre   5.6.9.15.20.21

Ottobre   2.4.7.8.11.17.20

Novembre   3.4.6.8.9.10.14

Decembre   4.5.8.14.15.26

Avertirai che intravenendo nelli sudetti giorni alcuni di questi tre di, non farai alcuna tua attione, perche sono mortiferi, massime nel salassare. Ch'e l'ultimo della Luna d'Aprile, l'altro sie il primo della Luna di Agosto, il terzo l'ultimo della Luna di Decembre.